KB188369

날고 싶은 잠자리

날고 싶은 잠자리

주연 시조집

토담미디어

끽해야 수십 년에 허물 집 갖겠다고
평생을 담보 잡혀 아등바등 사는 대신
빚 독촉 연체 걱정 없는 주춧돌을 놓는다

개발이 안 된 땅은 모두 다 내 것이다
등기도 취득세도 아예 낼 필요 없고
흥정과 타협 없이도 공사는 자유롭다

설계도 바로잡아 허물고 다시 짓고
부실과 편법 없이 언제나 당당하게
천 년쯤 버텨줄 시조집 주인이 되고 싶다

차례
1부_날고 싶은 잠자리

2부_나무이야기

3부_단수 모음

4부_푸른 날 지금, 여기

1부
날고 싶은 잠자리

꽃

서로의 다른 향기
탓하지 않는 꽃들

시기나 질투 없이
당당히 피고 진다

좌우로
어우렁더우렁
향기를 나누면서

날고 싶은 잠자리

요양원 창틀 안에 말라붙은 잠자리가
마주 선 치매 할머니 발길 잡고 속삭인다
날개를 주고 싶다고, 같이 날고 싶다고

출구를 찾지 못해 버둥대며 말라갔을
혼자서는 열 수 없는 문 앞을 서성이다
쾡하게 빠져나간 기억 혼자 담을 넘나들고

꽃 시절 무용담에 시소 타는 퍼즐 조각
꼭 붙든 이름 석 자 어둠 헤칠 단초 될까
허공에 길 잃은 메아리 기우뚱 날고 있다

저울에 달린 하루

잠 덜 깬 빈 수레가 투덜대는 골목길에
빈 박스 헌 옷가지 밥인 양 떠먹이는
할머니 굽은 등 너머로
아침 해가 쿨럭인다

지상에 날 선 활자 수굿해진 신문지
땡볕에 드러누워 툴툴대는 빈 술병
떠밀린 막다른 처소
바람마저 쪼그린다

저울의 눈금 앞에 맥 못 추는 파지 더미
제풀에 꼬깃꼬깃 몸 둘 바 모르는데
가뿐히 달빛 꽉 채운 수레
저 혼자서 불콰하다

개미 밥

길바닥 사탕 한 알 까맣게 달라붙은
개미 떼 먹이사냥 치열한 저 생존본능
몸보다 몇 갑절 더 큰
밥을 안고 끙끙댄다

철밥통 문지방은 이자처럼 높디높아
공시촌 가는 길은 점점 더 가파른데
취준생 수레바퀴는
밤낮으로 덜컹댄다

최저시급 한 그릇에 비빌게 너무 많아
언제쯤 풍성한 상 만날 수 있는 걸까
청춘들 진액이 다 빠진
이력서만 호황이다

어떤 갑질

뽑으면 올라오는
채소밭 저 잡초들
땡볕에 맨몸으로
내쳐도 또 올라와
굳세게
일어서는 의지
꺾을 자격 있는 걸까
행여나 내쳐질까
한 줄기 바람에도
숨죽여 몸 낮추는 수많은 비정규직
포기를
모르는 풀들
오늘도 다시 선다

세상 엿보기

안경

흐릿한 초점으로 시야가 삐딱하다
믿음이 흔들려서 썼다가 벗었다가
좌우로 수평이 맞는 바른 세상 보고 싶어

뼈다귀 해장국

해장국 한 그릇에 살피는 이모저모
뼈 발라 버려가며 살 발라 배 채우는
극심한 편가름 세상 이분법의 흑백논리

곰국

혼돈이 몰아친다, 곰국이 끓는 부엌
불잉걸 세상사에 뼈와 살 다 녹여야
한소끔 옹기그릇에 피어나는 하얀 꽃

신호

출근길 신호등 앞 빨간불에 묶인 발들
페달을 밟고 싶은 영세한 자영업자
불 꺼진
수많은 간판
파란 등 켜졌으면

입 막혀 발길 끊겨 문 닫은 동생 가게
방에서 거리두기 중
데면데면 말이 없다
십 수 년
주말부부도 단박에 합방이다

사람 간 거리 둔 틈 빠르게 장악하며
실업률 고공행진 확장하는 인공지능
틈새를
공략하는 손가락
카톡카톡 바쁘다

회전초밥

갑과 을 덜컹대는 소용돌이 세상 속
저미는 아픔 딛고 레일 위에 올랐다
쉼 없는 회전판에서 돌고 도는 남도 김 씨

선택의 손길에서 멀어져 제자리로
잡힐 듯 아슬아슬 스쳐만 가는 동안
비릿한 생의 한복판 어지럼증 깊어가고

헛손질 이력이 나 숨죽여 주저앉은
깜냥 없는 나를 홱 잡아채는 인력시장
순환선 봉천역 부근 승하차를 반복한다

감자

검은색 봉지 안에 분기탱천 솟은 뿔들
독 품은 원망 접고 제 몸을 재물 삼아
바닥에 납작 엎드려 백일기도 시작한다

빛조차 들지 않고 바람도 비켜 가는
쪽방촌 고랑에도 쌀밥 같은 꽃이 피어
가난도 존재가 되는 영근 감자 캐봤으면

봄비

웃자란 가지부터 키 작은 들꽃까지
고르게 구석구석 대청소 하는 날은
황사가 뿌연 세상도 잠깐은 환해진다

어린잎 놀랄세라 몸 낮춘 걸음으로
취약한 구석까지 안부를 묻는 비가
퀴퀴한 국회 안에도 사나흘 내렸으면

SNS, 아픈 이들을 위하여

문 꼭꼭 닫힌 그 집
담장이 너무 높아
잡초가 무성한지
아무도 모른다네
출구는 보이지 않고
소문만 짙게 깔려

슬퍼도 안 슬픈 척
아파도 안 아픈 척
척 척 척 숨지 말고
대문 활짝 열어 봐요
검은 귀 바람 안개비
내면을 보고 싶어요

독거

장마철 장롱 톺다 발견된 곰팡이가
틈입해 터를 잡고 제집인 양 살고 있다
한 줌 볕 가려진 그늘 얼룩얼룩 넓히면서

시수평 넘나들며 한줄기 불빛 따라
돌풍 피해 떠밀린 채 이름 없는 섬에 갇혀
스산한 마음 한 자락 위태롭게 흔들린다

비좁은 틀 안에도 제 나름의 무게는 있어
눅눅한 삶의 갈피 고독사로 피기까지
누구도 알아보지 못한 그들만의 꽃이었나

2부

나무이야기

나무이야기 1
— 향기를 만지다

한 생을 줌인하여
통째로 톺아본다
곰삭은 뼈마디에 각인된 삶의 흔적
말 없는
침묵 속에서
천둥이 몰아친다

일찍이 혼자되어
등 굽은 어미처럼
설움의 무늬들이 빼곡한 저 나무는
뒤틀린
발가락처럼
곁가지도 성대하다

나무이야기 2

— 일상

공들여 깎은 어제
오늘과 집성한다

수많은 조각조각
틈 메꿔 수평 잡고

하루를 이어가는 예술
인생은 목공이다

나무이야기 3
— 어떤 사과

출구를 찾지 못해 떠날 수 없었다며
믿을 수 없는 변명 구불텅 늘어놓고
고개를 빳빳이 들고 보란듯 설쳐댄다

봉인이 해제되자 증언이 넘쳐난다
쓰러진 통나무 속 선명한 벌레자국
역사는 보호수처럼 모든 걸 기억한다

나무이야기 4

— 용궁사 느티나무*

할 말이 너무 많아 아무 말 하지 못해
눈 감고 귀 막은 채 입 다문 천 년 지기
속은 다 문드러지고 하루가 위태롭다

감춰진 진실만큼 두려운 게 또 있을까
하루도 빠짐없이 터지는 사건사고
온몸을 위협하는 세상사 바람으로 버텨냈지

일주문 우뚝 선 채 문지기 자처했나
길 잃은 발걸음에 오늘도 촛불 밝혀
푸른 잎 보시로 내려 그늘을 내어준다

*인천광역시의 기념물 제9호로 지정된 느티나무. 수령은 약 1,300년이다.

나무이야기 5
— 대패질하는 날

속살을 파고드는 고통의 순간에도
외마디 비명 없이 향기를 내뿜는다
칼바람 <ruby>聖<rt></rt></ruby><ruby>者<rt></rt></ruby>로 살던 생애 그 앞에 숙연하다

나무이야기 6
— 길을 묻다

순응과 기다림이 무언지 알려주며
거부도 찡그림도 경계하지 않는 너
한없이 작아진 나를 일으켜 세워준다

한 치 앞 안개 속에 막막히 갇힌 날은
오해나 편견 없이 날 믿고 견뎌주어
매순간 나침판 되어 방향을 가리키지

생존의 위협에도 기꺼이 몸을 던져
상대를 감싸 안던 찢기고 갈라진 품
한 생애 크낙한 사랑 발걸음을 재촉한다

나무 이야기 7

― 고사목

수북한
먼지 털고
온기를 불어넣으니

푸르던
시간들이
별처럼 반짝이며
피 돌 듯
선명한 나이테
윤슬처럼 빛난다

나무이야기 8

― 엄마 생각

자리가 정해지니 돌아갈 길이 없다
한 생을 지나면서 다리가 퉁퉁 붓고
생살을 뚫고 나온 가지는 몸통을 위협한다

뿌리째 뽑혀 버린 지아비 섰던 자리
싱크홀 앞에 두고 발 동동 구르는데
쓰러진 나무 위에도 비 오고 눈 내린다

흙 속에 갇혔던 발 휠체어로 옮겨진 날
성장한 곁가지들 요양원에 모여 앉아
울 엄마 손에 박힌 옹이를 별을 세듯 헤아린다

나무이야기 9

— 대나무

속 창자
내주고도
보란 듯
꼿꼿하게
지상의 덜컹거림
소신껏
선 지키며
백 년쯤
푸르게 살다
꽃으로
돌아가는

풀인 양
나무인 양
힘 겨루는
생의 복판
줄도 뺄도
쥔 것도 없이

올곧은
신념 하나
까마득
높은 곳에서
흔들림도
푸르르다

나무이야기 10
― 소나무

소낙비
함박눈 속
푸름을
지키는 건
세력의
유혹 따위
흔들림
없다는 것
절벽을
이겨낸 이름
한 생이
굳굳하다

3부
단수 모음

새해 첫날

출산이 임박하자
주변이 술렁인다

진통 뒤 피어나는
크디큰 붉은 꽃잎

둥근 詩
성채가 되어
새처럼 날아오른다

벚꽃

톡, 톡, 톡,
여기저기 밀애를 속삭인다
하나도 이쁘지만
여럿은 더 이쁘다
꽃잎이
내 머리에 툭
나도 그만
꽃이 된다

사월의 쑥

검푸른 추모 열기
사방에 피어난다

쑥쑥쑥 커가는 게
끝끝내 죄스러워

오열을
삼킨 속내는
온통 다 쓴 맛이다

장미의 제단

울타리 붉은 장미 벙그는 유월이면
숭고한 뜻 받들어 영령께 절을 하듯
숲들이 일제히 일어나 초록을 마주한다

꽃처럼 & 밥처럼

꽃처럼 향기롭고 밥처럼 귀한 사람
세상에 하나뿐인 소중한 나 그리고 너

사랑이
아름다운 건
흔들리기 때문이다

무

단 한번 소풍 길에
제대로 발목 잡혀

흙 속에 발을 담고
평생을 산다 해도

세상과 이어진 줄기
나날이 짙푸르다

빨래판에 대한 단상

세차장 한 구석에
구정물 받아내며

베일 듯 날 서 있던
젊은 패기 간데없다

연골이 다 닳아 파삭해진
울 엄마 허리처럼

출렁다리

하늘과 땅 사이로
허공에 또 다른 길

양수에 떠밀려온
기억처럼 출렁이고

서툴고 불안한 生의 흔적
돌아보니 고요하다

믹스커피

너 없이
못산다며
보듬고 입 맞추던

달달한 우리 사랑
차갑게 식었나요

따끈한
하트로 주문해도
아아*만 찾는 당신

*아아: 아이스 아메리카노

모래알

온몸이 부서진 채
있는 듯 없는 듯이

바닥에 납작 엎드려
뒹구는 저 알몸들

접었던 비상을 꿈꾸나
움켜쥐는 볕뉘 한 자락

힘의 원리

고맙다 사랑한다
말과 글은 힘이 쎄다
숨결이 느껴지고
체온을 높이는 말
우주를 담은 글 한 줄
영원히 반짝인다

서리 맞은 풀들

풀들이 눕는 것은 항복이 아닙니다

저 낮은 몸짓으로 양보와 때를 알려

욕심에 눈 먼 세상에 깨어나라 말합니다

폭설

선부른 참견으로 평화가 깨질까 봐
가만히 지켜보며 나설 때 기다렸나
좌우로 갈라졌던 길 하나로 리셋한다

눈사람

고사리
손길에도
커가는 둥근 사랑
체온을 나눠주면
희망이 뽀드드득
꼿꼿이 피어나는 꽃
소년소녀 가장들

4부
미황사 가는 길

미황사 가는 길

달마산 단풍아래 단청 빛 더욱 고와
하늘 못 풍경소리 저 혼자 찰방이는
소 울음 순한 눈빛 거기 타박타박 오른다

발밑에 등짐 같은 욕심을 내려놓고
초록을 다한 낙엽 낮은 데로 엎드린 채
기꺼이 등을 허락한 순리를 보여주는

비워서 더 풍성한 사찰의 둘레에서
느림을 탓하지 않는 여백을 읽는 시간
한줌의 시주로 모인 마음 길 위에 길을 낸다

누천년 지날수록 깊어진 향기만큼
중생을 감싸 안은 천개의 손과 눈빛
회오리 암만 몰아쳐도 천년만년 푸르리

반구정에 올라

임진강 정자에서 방촌을 생각한다
갈매기 친구삼아 시를 읊던 풍류의 멋
그 이름 푸르디푸른 청백리의 표상이다

끼루룩 짝 잃은 외기러기 흰 날갯짓
실향민 묵은 슬픔 밀물로 출렁이는
철조망 강 언저리에 메아리도 너덜너널

오롯이 남아있는 시조에 빠져드니
비워서 가득 채운 큰 어른 맑은 숨결
욕심에 눈이 먼 세상 깨어나라 호령한다

가을, 나무 아래

가뭄과 비바람에 치열하게 싸운 뒤
덜 여문 은행 한 알 발밑에 툭 떨어진다
우주의 푸른 공간에 예측 못한 짧은 생

밀치고 부대끼는 세상 한 모퉁이에
언제라도 닥치게 될 절벽 그 어디쯤에
누가 날 기억해줄까 흙에 다시 가는 날

방촌은 유유자적 시를 읊어 명시가 남고
빛나는 얼을 이어 향기 여기 번지는데
얼씨구 축제 한마당 내 이름도 뜨고 싶다

문경 아리랑

골짜기 나무하던 사내의 도끼소리
천리 길 바리바리 보부상의 나귀울음
과거길 함께 걷던 선비
좋은 소식 넘어온 곳

나라를 빼앗겼던 울분의 아픈 역사
칡넝쿨 얼키설키 증언처럼 무성해
구부야, 구부야 눈물이 난다*
메아리쳐 오는 소리

흘러라 굽이굽이 한 풀고 매듭 풀어
어깨춤 덩실덩실 산천도 출렁일 때
둥둥둥 축제 한마당 문경새재가 들썩인다

*문경아리랑의 한 대목

여기는 파주랍니다

장단 콩 파주 명물 윤기 좔좔 맛도 좋아
기력을 보충해요 백세 인생 필수 웰빙
숙명한 장단콩 알콩달콩 여기는 파주랍니다

힘들고 지친 마음 힐링 하러 오세요
자연 속 건강한 땅 DMZ 청정지역
웰컴투 힘이 불끈 파주인삼 여기는 파주랍니다

볼거리 놀거리 먹거리 덩실덩실
바람도 햇살도 손잡고 춤을 추는
어울림 가득한 이곳 여기는 파주랍니다

화석정 정자 위에 사뿐히 앉은 햇살
자유를 노래하는 임진강 바람소리
너와 나 우리 모두 한마음 여기는 파주랍니다

영종도의 밤

영종도 밤바다가 자꾸만 말을 걸자
정박한 배 한 척이 답하듯 몸을 틀고
불빛은 자리를 깔고 아예 누워 뒹군다

다른 생 한자리로 부른 건 어둠이다
비틀대는 우리에게 알리고 싶었을까
불안한 흔들림조차 반짝이고 있다는 걸

푸른 날 지금, 여기

목마른 맨발들이 두 평 방안 갇혀있다
단비를 갈구하는 건조한 하루하루
헛짚은 소나기 소식 미세먼지 희뿌옇다

좀처럼 열 수 없는 철옹성 높은 문 앞
닿을 듯, 닿을 듯해 까치발 치켜들고
주문을 거푸 외운다
열려라 참깨! 열려라 참깨!

열 번을 더 찍어도 못 넘길 나무일까
자꾸만 무뎌지는 도끼날 천근만근
공시촌 퀭한 눈빛들 물의 맥을 찾는다

그날의 자취방

옴마야 세상에나 베란다 한 구석에
손톱만 한 새알 두 개 오도카니 앉아 있다
삼십 촉 알전등 깜박이던 허기진 자취방처럼

가파른 돌계단 끝 막다른 문간방에
좀처럼 곁을 안 주던 부뚜막이 있었지
번개탄 서너 개 사르고도 온종일 냉골이던

성에꽃 하얗게 핀 동그란 문고리는
문 열면 손 꽉 잡고 놓을 줄 모르더니,
햇볕이 어미 새 대신해 온종일 품고 있다

파리, 다시 날다

또다시 절벽이다 멀미나는 허공에서
발 딛고 머물 자리 찾지 못해 맴도는 생
싹 싹 싹
빌며 쫓기는 똑같은 일상이다

그 선은 넘지 마라 침묵의 경고처럼
경쟁의 자리다툼 손톱을 잘라낸다
을의 선,
딱 거기까지! 잊지 마라 경계를

겨우내 움츠렸다 비상하는 산꼭대기
밥그릇
기웃대는 생 위에 막다른 곳
바람 휙, 등 뒤를 훑고 꽃잎이 길을 낸다

사랑의 방정식

태풍

폭우를 버텨내는 키 작은 저 풀잎들
오른쪽 왼쪽으로 몸 낮춰 보듬을 때
저 혼자 재우치던 큰 나무
툭, 투둑, 부러진다

매미

혼자선 살 수 없어 사랑은 합창이야
음지에 손 내밀어 힘차게 노래하는
너에게 짐이 될까봐 홀홀 털고 날아본다

압축 이불 팩

철지나 거스른다 밉보여 치워졌다
외압에 꽉꽉 눌려 숨 못 쉬고 누운 시간
사람들 눈에 띄지 않는
한구석에 처박혔다

꽃철 잎철, 사위 막혀 불빛 없는 무저갱 속
세상과 단절된 채 허방다리 짚어가도
엎드려, 납작 엎드려
기다리고 있을밖에

편 가름 물고 뜯는 길고 긴 터널 지나
자꾸만 웅그리는 옹색한 나를 달래
꽉 묶인 블랙리스트 풀어
꽃 이불 펴고 싶다

비오는 금요일

오래된 연인들이 저리도 애틋할까
귀 익은 신음소리 오감을 간질이고
점점 더 참기 힘든 유혹 금요일 퇴근 시간

파전에 막걸리가 이렇게 뜨거웠나
구석진 자리까지 꽉 채운 실내포차
들끓어 치닫는 절정
포개지는 말 말 말

5부
안부를 묻다

머위

엄마는 언제부터
쓴맛이 좋았을까
시집 와 혼자되던
어느 해 그때였나
집안팎 웃자란 머윗대
온통 다 쓴맛이다

아버지 떠나보낸
엄마의 매 끼니는
삼 남매 홀로 거두며
온통 다 썼을 테지
봄볕에 마중 나오는
쌉싸름한 추억들

척추 MRI

환하게 불 밝히자 진실이 드러난다
암흑의 침묵 속에 숨겨진 많은 말들
한 고비 넘을 때 마다 숨어서 쏟아냈을

끝없는 망망대해 풍랑에 흔들릴 때
뼈마디 하나씩을 제물로 내주고도
외마디 비명조차도 못 뱉고 참아냈을

짓눌린 마디조차 자식인 양 그러안은
울 엄마 쏙 빼닮아 공손히 굽은 허리
주변이 술렁거려도 괜찮다 토닥인다

안부를 묻다

아부지 워디 가유
김매러 밭에 간다아
아부지 워디 가유
낭구 하러 산에 간다아
소 팔러 장에 가신 아부지
여전히 소식이 없고

십일월 잿빛 하늘에
안부를 묻습니다
서둘러 가시더니
그곳은 평안하신지요
당신의 그리움 담아
눈이 올 것 같습니다

문경새재

고갯길 굽이돌아 후미진 산자락에
요양원 침상을 십 여 년 지키시던
어머니, 한때 뜨거운 몸 탈탈 털려 간 데 없다

각별한 산사랑에 한평생 산사람 되어
이고 진 사시사철 역동의 삶 사시다가
골짜기 바위틈서리 잡초처럼 숨으셨지

곱고 정겨운 흙길 등져버린 날 위해
다람쥐 청설모는 춤을 추지 않았다
주흘산 아늑한 품속 이제와 폭 안겨본다

압력솥

칙 칙 칙 밥내 품은 울 엄마가 날 부른다
양수에 몸을 맡긴 태아처럼 부푼 쌀들
지독한 산통을 겪고 윤기가 차르르르

강도를 높였다가 제풀에 지쳤다가
수백 번 수 천, 수 만 어미의 품 안에서
수시로 들끓었을 삼 남매, 솥이 되고 밥이 된다

밥 먹자 밥 먹었냐 메아리로 돌고 도는
강, 중, 약 아우르며 그 힘이 솟는 부엌
품 안을 떠난 쌀밥들 힘차게 기립한다

오월, 딸에게

누굴까
이 아침에 누가 날 찾는 걸까
오호라
아카시아 식솔들이 왔구나
산천은
하얀 향기로 또다시 들썩이고

딸아 너도 보았겠지
개나리 진달래
앞서 간 길 화려해도
기죽어 숨지 마라
한 발짝 늦은들 어떠하랴
당당하게 피려므나

부부

달그락
날
세우다
어느새 수굿하고
끝
없
는
밀당 게임
젖은 날
맑은 날들
켜
켜
이
포개져간다
칼로 물 베는 날들

벌초

잡초만 키워내는 조잡한 내 뜨락에
소리가 요란스런 제초기 한 대 떴다
여름 귀 미당기던 바람 가는 길 재우치고

금실 좋은 밤나무는 올해도 다산이다
땡볕에 품었다가 해산의 순간까지
어미는 가시로 온몸 둘러 태풍과 맞서는데

얼마나 품에 안고 톺아봐야 하는 걸까
쳐내고 다시 심어 무딘 필력 갈다 보면
잘 여문 옹근 시 한 편 수확할 수 있으려나

완벽한 방음

위층서 방귀 소리
수시로 들려오고

아래층 부부싸움
생생히 울리는데

한걸음 옆집 고독사
아무도 몰랐다네

요양원에서

백두 살 할머니는 밤낮 잠만 잔다
깔끔한 성품처럼 생각도 개켜두고
이름도 양보하듯이 가만히
내
려
놓
고

무관심
— 일가족 사망을 추모하며

균열이 생겨난 걸
아무도 몰랐다네

소리가
끊어지고

발길이
끊긴 뒤로

며칠째 택배만 상주인양
문 앞을 지킨다

바람의 길

살처럼 끼고 사는 걱정은 점점 자라
욕심도 석순처럼 멋대로 키도 크고
섬처럼 우뚝 솟은 허공
사람의 집을 찾아

바람이 부는 대로 저절로 일어선다
기쁨과 성냄 모두 맘대로 뒤엉킨 곳
문 없는 한 뼘 우주 그 곳
바람 휙휙 드나든다

힘내요 영근 씨

치매와 뇌성마비 동시에 앓고 있는
쉰여덟 영근 씨는 수시로 잠만 잔다
요양원 TV 속 청문회
고래 싸움 외면한 채
쨍그랑, 금과 금이 부딪혀 요란하다
한 치도 양보 없이 치닫는 아수라장
큰 별들 공수처 논란
새우 등 다 터진다

길

경로를 이탈했다고 또다시 알려 준다
엄마 손 놓쳐 울던 그때처럼 흠칫 놀라
방향 등 깜빡거리며 유턴을 시도한다

좌우로 주춤주춤 핸들이 흔들릴 때
친절한 내비게이션 길동무 손을 잡고
초중종 3장 6구 12걸음 수만 갈래 길을 간다

어미의 배를 빌어 태어난 생명의 씨
낯선 땅에 탯줄 끊고 시동 건 그날부터
한 발도 되 물릴 수 없는 멀미나는 긴 여정

터널 지나 울퉁불퉁 비탈길 돌고 돌아
오금이 저려 오는 반듯한 정형의 틀
두 발을 더듬이 삼아 직진 또 직진이다

춤추는 광목

촘촘한 씨줄 날줄 무색에 갇힌 날들

운율로 짠 나의 꿈 춤추듯 길을 내고

바람결 푸르른 모퉁이 시가 되고 꽃이 핀다

삶과 현실, 나무의 숨결을 탐하다

삶과 현실, 나무의 숨결을 탐하다

장기숙 시인·수필가

시인의 첫 시집은 설렘을 준다. 시인은 글쓰기를 시작하면서 전국 시조 백일장에서 장원, 대상 수상을 거쳐 〈시조시학〉에 신인상 당선으로 등단하였다. 등단한 지 5년 차 그동안 차근차근 모은 시를 책으로 엮는 일은 작가에 있어 얼마나 보람 있는 일인가. 한편 부끄러움과 조심스러움이 교차되는 마음이리라. 창작은 패기와 열정만 앞선다고 쉽게 얻어지는 것은 아닐 터, 오랜 시간 고혈을 짜는 고통에 얼마나 시달렸을까, 좋은 시조집을 짓기 위해 몇 날 몇 밤을 지새웠을까, 공감을 가지고 헤아려 본다.

뿐만 아니라 주연 시인은 나무에 예술을 입히는 작가로 시조 쓰는 종합 예술인이다. 각종 미술대전에서 여러 수상을 거듭하며 최우수명장 칭호를 받기도 했다. 워킹맘으로서 한 가지도 어려운데 두 가지 예술을 병행하느라 그만큼 치열했을 시인이 경이롭다. 그렇게 생의 한 마디를 올인했을 시인의 삶의 여정이 작품 속에 고스란히 녹아들어 있지 않을까. 문예지에 간간이 발표한 시인의 세계관과 주제의식은 시조 전반에 면면히 보여주듯 사회적 현실 속에 그늘을 향한 뜨거운 시선과 종합 예술인으로 거듭난 「나무이야기」, 그리고 함께했을 가족에 대한 가슴 뭉클한 사연들로 요약된다. 이제

시인이 가꾸어 온 그녀만의 빽빽한 나무숲에서 꽃 피운 시조를 따라 걸음을 옮겨보기로 한다.

사회적 현실에 대한 관심

과거의 시조들에서는 산수경물, 음풍농월 등에 자아도취의 내용이 일반적인 시절이 있었다. 그러나 이를 탈피해 21세기 새로운 세계관과 주제의식은 시인에 있어서 아주 중요하다. 자아성찰과 내면의식, 현대적 실험정신, 살아있는 역사인식, 생태환경 등 여러 가지 분류 중 현실에 대한 참회와 비판은 현대에 걸맞게 주연 시인의 심상에 많은 부분을 차지한다.

사람은 사회적 동물이라는 말이 있듯, 사회에 적응하여 살기도 하지만 불합리한 요소들을 만났을 때는 이에 대응하는 자세 또한 글 쓰는 사람들이 가져야 할 덕목이다. 더불어 시인의 시조 중 유독 많은 작품이 눈에 띈다. 이는 이미 시인의 정신 속에 현실 감각과 사회참여 의식이 크게 자리 잡고 있는 반증이기도 하다.

　　서로의 다른 향기
　　탓하지 않는 꽃들

　　시기나 질투 없이
　　당당히 피고 진다

　　좌우로

어우렁더우렁

향기를 나누면서

　　　　—「꽃」전문

　꽃! 하고 읊다 보면 먼저 아름다운 시각적 이미지와 함께 서정적 울림이 다가올 듯 싶다. 그러나 예상과는 달리 초장부터 꽃들은 서로 다른 향기를 탓하지 않는다고 일갈한다. 중장에서 더욱 심화시켜 "시기와 질투 없이/ 당당히 피고 진다"고 할 때 필자는 작금의 만연된 정치적 논란, 사회적 갈등을 떠올리게 된다.

　본문에서 처음엔 꽃들이 다른 꽃들에 대해 무관한 듯 제나름의 향기대로 당당히 피지만 종장에서는 좌우상하 서로 어울리는 모습을 시침이 뚝 떼고 던져준다. 시인은 '꽃'이라는 상관물을 통해 이처럼 사람과 사람 사이 개인적, 사회적 끊이지 않는 아귀다툼을 은근슬쩍 비판하고 있다.

요양원 창틀 안에 말라붙은 잠자리가

마주 선 치매 할머니 발길 잡고 속삭인다

날개를 주고 싶다고, 같이 날고 싶다고

출구를 찾지 못해 버둥대며 말라갔을

혼자서는 열 수 없는 문 앞을 서성이다

퀭하게 빠져나간 기억 혼자 담을 넘나들고

꽃 시절 무용담에 시소 타는 퍼즐 조각

꼭 붙든 이름 석 자 어둠 헤칠 단초 될까
허공에 길 잃은 메아리 기우뚱 날고 있다
　　　　　　　　—「날고 싶은 잠자리」 전문

　현대에 이르러 핵가족화되면서 노인 모시는 일이 문제가
된지 오래다. 맞벌이로 인해 자식이 부모를 케어할 수가 없
기 때문에 건물마다 요양원이 들어서고 있는 상황이다. 시인
은 이러한 현실에 대한 관심을 가지고 창 안에 잘 못 날아들
어 창틀 앞에 갇힌 잠자리를 치매 할머니의 원치 않는 처지
와 대입해 삶의 안타까운 모습을 형상화하고 있다.
　초장, 중장, 종장의 각 수에서 갇히다시피 한 치매 노인의
휘우듬한 등을 감싸는 따뜻한 마음씨로 이 시조의 메시지로
단연 압권이다. 또한 날개 이미지를 통해 삶과 죽음의 영역
을 넘나드는 영원의 초월적 비전을 보인 秀作이다.

잠 덜 깬 빈 수레가 투덜대는 골목길에
빈 박스 헌 옷가지 밥인 양 떠먹이는
할머니 굽은 등 너머로
아침 해가 쿨럭인다

지상에 날 선 활자 수굿해진 신문지
땡볕에 드러누워 툴툴대는 빈 술병
떠밀린 막다른 처소
바람마저 쪼그린다

저울의 눈금 앞에 맥 못 추는 파지 더미
제풀에 꼬깃꼬깃 몸 둘 바 모르는데
가뿐히 달빛 꽉 채운 수레
저 혼자서 불콰하다

　　　　　　　　　　　　　—「저울에 달린 하루」 전문

　물질이 풍요로운 이 시대는 버려질 물건도 그만큼 정비례
한다. 높이 솟은 빌딩 아래로 어느 누군가는 버리고 누군가
줍는 현실이 어쩌면 빈부의 격차를 「저울에 달린 하루」가 말
해주는 사회현상인 것 같다. 시인의 눈은 폐지 줍는 할머니
의 리어카를 포착한다. 등 굽은 할머니의 리어카를 끄는 모
습은 서민 중에서도 더 취약한 삶을 대변하고 있다.
　첫 수에서는 "잠 덜 깬 빈 수레가 투덜대는 골목길에", "할
머니 굽은 등 너머로/ 아침 해가 쿨럭인다"라고 사물을 의인
화 하여 수레와 해를 할머니에 등가적으로 대비시킨다. 생계
의 수단으로 잠조차 맘껏 못 자며 리어카를 끌고 새벽에 골
목을 나선 할머니를 시인은 연민과 함께 따뜻한 정을 가진
다.
　"저울의 눈금 앞에서 맥 못 추는 파지 더미" 아래 맥 못 추
기는 할머니도 마찬가지 아닌가? 꼬깃한 지전과 바꾼 할머
니의 하루, 쪼그라든 몸은 한없이 가볍지만, 삶의 무게는 얼
마나 무거울까. 그래도 덜컹거리며 돌아오는 길 살아있음에
감사라도 하는듯 빈 수레에도 불콰한 달빛이 상승 이미지를
부각시킨다.

길바닥 사탕 한 알 까맣게 달라붙은
개미 떼 먹이사냥 치열한 저 생존본능
몸보다 몇 갑절 더 큰
밥을 안고 끙끙댄다

철밥통 문지방은 이자처럼 높디높아
공시촌 가는 길은 점점 더 가파른데
취준생 수레바퀴는
밤낮으로 덜컹댄다

최저시급 한 그릇에 비빌게 너무 많아
언제쯤 풍성한 상 만날 수 있는 걸까
청춘들 진액이 다 빠진
이력서만 호황이다

        —「개미 밥」 전문

 청년실업의 사회적 현실은 이미 골이 깊어진 심각한 문제
다. 확산되는 고령화 인구를 책임져야 할 젊음들이 나아 갈
길은 쉽게 허락되지 않는다. 어찌 아닐까, 취업의 문이 닫혀
있어 일용직, 계약직, 명퇴라는 부정적 현실이 만연되어 있
는 현실이다.

 언제부터인가 철밥통으로 대변되는 공시는 아직도 유효
한가. 곳곳에서 만나는 "몸보다 몇 갑절 더 큰/ 밥을 안고 끙
끙"대는 개미 떼처럼 가파른 문턱을 넘어야 하는 "취준생 수
레바퀴는/ 밤낮으로 덜컹댄다". 와중에 아이러니하게도 호

황인 게 있다니 다름 아닌 "청춘들 진액이 다 빠진/ 이력서" 란다.

연작 나무이야기

시인은 나무를 예술로 표현하는 작가다. 나무의 향기와 숨결을 느끼며, 나무가 말하는 말에 귀를 기울이고 말을 걸기도 한다. 나무 속에 지난한 삶이 들어있어 기쁨과 슬픔, 사랑과 미움이 투영된 시조를 읊기도 한다.

> 순응과 기다림이 무언지 알려주며
> 거부도 찡그림도 경계하지 않는 너
> 한없이 작아진 나를 일으켜 세워준다
>
> 한 치 앞 안개 속에 막막히 갇힌 날은
> 오해나 편견 없이 날 믿고 견뎌주어
> 매순간 나침판 되어 방향을 가리키지
>
> 생존의 위협에도 기꺼이 몸을 던져
> 상대를 감싸 안던 찢기고 갈라진 품
> 한 생애 크낙한 사랑 발걸음을 재촉한다
> ─「나무이야기 6 ─길을 묻다」 전문

사람이 살다 보면 절망하여 넘어지기도 한다. 시인은 앞이 캄캄할 때 나무에게 묻는다. 숱한 비바람과 톱날에 베어졌을 나무와 서로 아픔과 사랑을 공유하기에 그 누구보다도 미덥고 큰 위안을 받기 때문이다. 나무는 환경에 순응하며 버텨온 삶을 말해주고 곁을 내어주니 일어날 용기를 주는 것이다.

한치 앞을 분간 못하는 세상사를 만났을 때, 나무는 안다. 볕이 있는 방향을. 왜냐하면 생존의 위협에도 몸을 던진 나무, 톱날에 베어도 향기를 품어 거듭나 우리 곁에 있으므로, 그 큰 사랑으로 시인은 신발끈을 조인다.

한 생을 줌인하여
통째로 톺아본다
곰삭은 뼈마디에 각인된 삶의 흔적
의연한
침묵 속에서
천둥이 몰아친다

일찍이 혼자되어
등 굽은 어미처럼
설움의 무늬들이 빼곡한 저 나무는
뒤틀린
발가락처럼
곁가지도 성대하다
　　　　　　　　—「나무이야기 1 —향기를 만지다」 전문

구불텅 휘어지고 울퉁불퉁한 고목은 한 생애 비바람과 천둥을 얼마나 많이 겪어왔을까. 그 나무의 모습에서 시인은 어머니를 읽는다. 일찍이 혼자 된 어미의 굽은 등, 겪어온 설움, 뒤틀린 뼈마디들과 고목이 닮아있다. 상징 만들기 수사법에서 시의 특징을 활용하여 고목과 어머니의 생을 동일화한 기법이 탁월하다.

할 말이 너무 많아 아무 말 하지 못해
눈 감고 귀 막은 채 입 다문 천 년 지기
속은 다 문드러지고 하루가 위태롭다

감춰진 진실만큼 두려운 게 또 있을까
하루도 빠짐없이 터지는 사건사고
온몸을 위협하는 세상사 바람으로 버텨냈지

일주문 우뚝 선 채 문지기 자처했나
길 잃은 발걸음에 오늘도 촛불 밝혀
푸른 잎 보시로 내려 그늘을 내어준다
―「나무이야기 4 ―용궁사 느티나무」 전문

수령 1,300년 나무는 얼마나 많은 일들을 보고 느끼며 견뎌왔을까? 오랜 세월 굴곡진 역사 속에 하고 싶은 말들 너무 많아 차라리 눈 감고 귀 막고 입 다물었을 속은 어떠했나 문드러져 위태롭다고 했다. 감춰진 진실, 터지는 사건사고, 마치 요즘 세상사를 보는 것 같다.

그러함에도 불구하고 모든 세상사를 버텨낸 나무. 그 속에서 우리는 어떤 마음을 취해야 할지 나무가 대신 말해주고 있지 않은가! 길 잃은 발걸음을 위해 스스로를 녹여 길을 밝히는 촛불, 더위에 푸른 잎을 보시하는 나무다. 그렇지 못한 인간들을 향해 온몸으로 외치고 있는 듯하다. 시의 특징 중 또 하나는 순간성(현재성)이다.

아무리 오래된 사물이라 할지라도 현재 지금, 어디에 무엇을 가져와야 할지 고민해야 한다. 현재에 나타나고 있는 국가적, 사회적 현상에서 우리는 무슨 말을 어떻게 해야 할까. 깊은 생각에 잠기게 하는 시조다.

> 속살을 파고드는 고통의 순간에도
> 외마디 비명 없이 향기를 내뿜는다
> 칼바람 聖者성자로 살던 생애 그 앞에 숙연하다
> —「나무이야기 5 —대패질하는 날」 전문

시인은 작품을 위해 나무를 자르고 대패질을 하는 일상을 가졌다. 시의 소재는 아름다운 풍광이나 거창한 데서만 오는 것이 아니라 소소한 일상에서도 얼마든지 가져올 수가 있다.

이처럼 일상 속에서 날카로운 대팻날에도 비명 없이 향기를 뿜는 나무에 어찌 애착이 가지 않을까. 시인이 나무에 반한 이유를 알겠다. 시의 순간성에서 향기에 포커스를 맞춰 성자 한 분 모셔온 시인의 발상이 기발하다.

> 속 창자
> 내주고도
> 보란 듯

꼿꼿하게
지상의 덜컹거림
소신껏
선 지키며
백 년쯤
푸르게 살다
꽃으로
돌아가는

풀인 양
나무인 양
힘 겨루는
생의 복판
줄도 빽도
쥔 것도 없이
올곧은
신념 하나
까마득
높은 곳에서
흔들림도
푸르르다
　　　─「나무이야기 9 ―대나무」전문

　대나무는 굳이 말을 안 해도 예로부터 절개와 꼿꼿한 선비
를 비유했다. 신선할 것까지는 없으나 "힘 겨루는/ 생의 복

판/ 줄도 빽도/ 쥔 것도 없이”에 눈길이 꽂히는 이유가 무엇일까? 세상은 줄서기에 바쁘고 뒤에 든든한 권력이 있기를 바라는 세태가 된 지 오래다. 정치, 사회는 물론 교육에서까지 유능하거나 부유하거나, 오죽하면 부모님 찬스라는 말까지 나왔을까. 이러한 세태에서 다시금 대나무의 상징 같은 고결하고 청빈한 선비가 그립다.

가슴 뭉클한 어머니, 그리고 가족

　통계에 의하면 우리나라 시인들이 가장 많이 쓰는 시의 소재는 ‘어머니’와 ‘사랑’이라 한다. 당연히 우리는 어머니라는 커다란 우주와 누구에게나 소중한 사랑이 자리하고 있기 때문이리라. 시인도 예외는 아니어서 사물을 비교할 때 어머니가 많이 등장한다.

엄마는 언제부터
쓴맛이 좋았을까
시집와 혼자되던
어느 해 그때였나
집안팎 웃자란 머위대
온통 다 쓴맛이다

아버지 떠나보낸
엄마의 매 끼니는
삼 남매 홀로 거두며
온통 다 썼을 테지

봄볕에 마중 나오는
쌉싸름한 추억들
―「머위」 전문

봄이면 입맛이 떨어질쯤 쌉싸름한 쑥이며 씀바귀나물은 머위와 함께 우리네 봄맛을 한결 끌어올려 준다. 시인의 어렸을 적 집 안팎에도 머위가 새파랗게 올라왔었나 보다. 현재의 머위를 바라보며 어머니를 소환한다.

일찍이 먼저 저 세상으로 떠나보낸 아버지를 대신해 삼 남매를 홀로 거두신, 분이다. 또한 「압력솥」에서 "칙 칙 칙 밥 내 품은 울 엄마가 날 부른다"는 어머니. 머위의 쓴 맛은 생의 쓴 맛을 온통 홀로 감당하신 바로 어머니다. 머위와 지난한 삶을 겹쳐 놓아 부모에 대한 사랑과 연민을 형상화해낸 작품이다.

환하게 불 밝히자 진실이 드러난다
암흑의 침묵 속에 숨겨진 많은 말들
한 고비 넘을 때 마다 숨어서 쏟아냈을

끝없는 망망대해 풍랑에 흔들릴 때
뼈마디 하나씩을 제물로 내주고도
외마디 비명조차도 못 뱉고 참아냈을

짓눌린 마디조차 자식인 양 그러안은
울 엄마 쏙 빼닮아 공손히 굽은 허리

주변이 술렁거려도 괜찮다 토닥인다

—「척추 MRI」 전문

생에 있어서 생로병사는 어쩔 수 없이 누구에게나 오는 것이다. 그러니 받아들일밖에, 병원 출입은 그야말로 일상이 되다시피 하거나 아예 요양병원 신세를 져야 한다. 위 시조에 있어서도 어머니의 척추 MRI를 접한 당시의 천근만근 내려앉은 시인의 감정을 나타냈다.

"한 고비 넘을 때 마다 숨어서 쏟아냈을" 그리고 "끝없는 망망대해 풍랑에 흔들릴 때", "외마디 비명조차도 못 뱉고 참아냈을" 어머니다. 그뿐이랴, 짓눌린 마디마디 육신을 끌어 안고도, 「나무이야기 1」 속의 "등 굽은 어미처럼" 막상 본인은 "괜찮다 토닥"이며 가슴 뭉클하게 하는 우리 모두의 어머니라는 이름이 아닐까.

아부지 워디 가유
김매러 밭에 간다아
아부지 워디 가유
낭구 하러 산에 간다아
소 팔러 장에 가신 아부지
여전히 소식이 없고
십일월 잿빛 하늘에
안부를 묻습니다
서둘러 가시더니
그곳은 평안하신지요

당신의 그리움 담아
눈이 올 것 같습니다
　　　　　　　—「안부를 묻다」 전문

　엄마 홀로 남겨두고 먼저 가신 아버지 이제는 모습마저 가
물가물하다. "십일월 잿빛 하늘"이 드리우면 "소 팔러 장에
가신 아부지"가 생각난다. "아부지 워디 가유", "낭구 하러
산에 간다아" 때때로 그 목소리가 들려온다.
　'아버지'를 '아부지'라고 마주보며 대화하듯이 구어체로
표현한 시인의 심상에서 더욱 농도 깊은 그리움이 울림을
주고 있다.

누굴까
이아침에 누가 날 찾는 걸까
오호라
아카시아 식솔들이 왔구나
산천은
하얀 향기로 또다시 들썩이고
딸아 너도 보았겠지
개나리 진달래
앞서 간 길 화려해도
기죽어 숨지 마라
한 발짝 늦은들 어떠하랴
당당하게 피려므나
　　　　　　　　—「오월, 딸에게」 전문

누구나 그렇겠지만 시인에게 딸은 유독 각별하다. 여리디여린 꽃잎처럼 행여 다른 꽃들에 짓눌려 상처받지 않을까? 노심초사 마음을 기울인다.

이는 열악한 환경과 어려운 상황이 닥쳐올수록 더욱 그렇다. 주제 또한 비슷한 또래들과 조금 뒤처지는 딸을 향해 위로와 격려를 넌지시 이르는 어미의 속 깊은 사랑을 전하고 있다.

시조에 있어서 대비는 효과적이다. 아카시아 흰색과 개나리 진달래의 유색은 시각적 이미지를 조화롭게 표현하여 시조의 활기를 주고 있다.

달그락
날
세우다
어느새 수굿하고
끝
없
는
밀당 게임
젖은 날
맑은 날들
켜
켜
이
포개져간다

칼로 물 베는 날들
— 「부부」 전문

　한평생 부부가 살다보면 티격태격, 풀렸다 싶으면 다시 팽팽해진다. 승자도 패자도 없는 줄다리기가 길게 이어지는 밀당 게임은 굵은 나이테를 형성한다.
　시인의 가족 구성원은 어머니와 아버지 그리고 부부, 딸이 한 채의 시조집 속에 믿음과 사랑을 나누며 오순도순 살아 숨 쉬고 있다. 부부 싸움은 칼로 물 베기라는 말에서 칼의 이미지를 부각시키기 위해 세로로 한 자씩 배열한 솜씨가 신선하다.

갑과 을 덜컹대는 소용돌이 세상 속
저미는 아픔 딛고 레일 위에 올랐다
쉼 없는 회전판에서 돌고 도는 남도 김 씨

선택의 손길에서 멀어져 제자리로
잡힐 듯 아슬아슬 스쳐만 가는 동안
비릿한 생의 한복판 어지럼증 깊어가고

헛손질 이력이 나 숨죽여 주저앉은
깜냥 없는 나를 홱 잡아채는 인력시장
순환선 봉천역 부근 승하차를 반복한다
— 「회전초밥」 전문

시인은 혈연의 가족 외에도 특히 어려운 이웃에게도 시선
이 머문다. 요양원에 있는「힘내요 영근 씨」가 그렇고「독
거」에서 열악한 환경에서 세상과 소통 못하는 사람에게 따
뜻한 입김을 불어 넣는다.「회전초밥」에서는 명퇴, 계약직도
아닌 그야말로 하루 벌고 하루 먹어야 하는 일용직 김 씨에
게 따뜻한 연민을 보여준다.

　인력시장에서 선택을 바라는 김 씨, 마치 '회전초밥'처럼
순환선 레일 위에 돌고 돌며 생계를 꾸려간다. 시인은 레일
위를 돌고 도는 회전초밥과 김 씨의 교통수단인 가장 밑바
닥의 지하철을 타고 반복하는 상황을 등가적으로 대입해 인
간 삶의 궁핍한 형상을 동일화하여 상징을 만들어 내는 기
법을 쓰고 있다.

　승하차의 반복은 역설적으로 아직은 선택 받아 타고 내리
며 해야 할 일이 있다는 긍정적 의미일 수도 있다. 고달파도
살아있음에 감사하다 보면 아마도 더 큰 손길이 김 씨를 **휙**
하고 들어 올릴 수도 있다는 비전을 엿볼 수 있는 암시가 아
닐까?

　　촘촘한 씨줄 날줄 무색에 갇힌 날들

　　운율로 짠 나의 꿈 춤추듯 길을 내고

　　바람결 푸르른 모퉁이 시가 되고 꽃이 핀다
　　　　　　　　　　　　　　　—「춤추는 광목」 전문

어쩌면 시조를 짓는 일은 씨줄 날줄의 규격 안에 갇힌 날들을 닮아있는지도 모른다. 그 안에서 올올마다 새하얀 빛을 내어 바람의 율격으로 펄럭인다면 눈부신 꽃처럼 피어나겠지. 그런 꿈을 꾸어 영원히 지지 않는 꽃이 되기 위하여 주연 시인은 씨줄 날줄을 끊임없이 엮어가야 할 것이다.

지금까지 주연 시인의 작품은 「나무이야기」 연작의 삶에 대한 열정이 큰 줄기를 이루고 있다. 이는 작가가 병행하고 있는 나무 예술과 연유하기 때문이다. 「날고 싶은 잠자리」에서 현시대의 노인 문제를 조망하여 바람직한 복지의 필요성을 어필하는 한편 객관적 사회 문제로 확산시킨다.

또 '가족' 편에서는 「나무이야기 8」에서 연골이 주저앉아 휠체어 타신 어머니, 「머위」에서 자식 위해 쓰디 쓴 삶을 사신 어머니에 대한 연민과 사랑을 유감없이 보여주어 효의 참 의미를 되새기게 한다.

시인의 시적 표현은 진술적이고 주제의식이 직설적인 편이다. 이는 첫 시집이니만큼, 아직은 묘사와 이미지의 밀도가 약하지만 서정적 특징에 있어서 동일화에 확신을 보인다. 아울러 상징 만들기를 능숙하게 구사하는 장점을 가졌으니 평소 다양한 시어와 구성을 예비한다면 더욱 풍성하고 말맛이 나는 후작이 탄생되리라 믿는다.

시조의 숲을 살펴 거닐다 때로는 거목을 만나 그늘에 쉬기도 하고 때로는 잡풀을 만나 쓰담쓰담하기도 했다. 어떤 꽃은 보암직도 하고, 어떤 꽃은 무색이지만 향기를 풍기고, 또 모롱이를 뒤덮은 풀포기처럼 강인함을 선사하기도 한다. 편

편마다 자식을 낳는 산고를 겪었을 터, 첫 시조집 『날고 싶은 잠자리』의 출간을 축하드린다.

날고 싶은 잠자리

ⓒ2025 주연

초판인쇄 _ 2025년 4월 2일

초판발행 _ 2025년 4월 7일

지은이 _ 주연

편집장 _ 하현숙

발행인 _ 홍순창

발행처 _ 토담미디어

서울 종로구 돈화문로 94(와룡동) 동원빌딩 302호

전화 02-2271-3335

팩스 0505-365-7845

출판등록 제2-3835호(2003년 8월 23일)

홈페이지 www.todammedia.com

편집미술 _ 김연숙

ISBN 979―11―6249―161―4